為永遠描畫

名畫家故事

史　岩

商務印書館

本書據商務印書館「小學生文庫」《名畫家故事》(上下冊) 改編，文字內容有刪節修訂。

為永遠描畫——名畫家故事

作　　者：史　岩
責任編輯：洪子平　馮孟琦
出　　版：商務印書館 (香港) 有限公司
香港筲箕灣耀興道 3 號東匯廣場 8 樓
http://www.commercialpress.com.hk
發　　行：香港聯合書刊物流有限公司
香港新界大埔汀麗路 36 號中華商務印刷大廈 3 字樓
印　　刷：美雅印刷製本有限公司
九龍觀塘榮業街 6 號海濱工業大廈 4 樓 A
版　　次：2016 年 7 月第 1 版第 1 次印刷

ISBN 978 962 07 0415 4
Printed in Hong Kong

目錄

米開朗基羅

大藝術家

米開朗基羅（Michelangelo di Lodovico Buonarroti Simoni）是一個大藝術家。「藝術」是一個總名詞，在藝術的範圍裏，有小說、詩歌、戲劇、繪畫、音樂、雕刻、建築等。我們稱某個人為「專家」，總是只能指其最擅長的一種。像善於寫小說的人，就稱他「小說家」；擅長音樂的人，就稱他「音樂家」。那麼米開朗基羅為甚麼竟能用大藝術家這個總的名稱呢？因為他是一個多才多藝的人，不單能作出一手好畫來給我們看，還能雕出好的石像，造起好的建築，寫出好的詩歌來供我們欣賞。所以他是畫家，同時又是雕刻家、建築家、詩人。他身兼數長，所以我們要用「藝術家」這名稱去稱呼他。

米開朗基羅是西方「文藝復興時期」的一位英雄。甚麼叫「文藝復興時期」呢？那是指一切藝術，在這時期以前是衰敗過的，到了這時期就重新興盛了起來。「文藝復興時期」是指公元十五、六世紀，復興的地點在意大利。在這個時期藝術界出了三個英雄。一個名叫達文西（Leonardo Di Serpiero Da Vinci），是三人之中的老阿哥；一個便是現在要說的米開朗基羅，年紀比達文西小二十多歲；還有一個名叫拉斐爾（Raffaello Sanzio），他是三人之中的小弟弟，約小達文西三十餘歲。這三人便是當時的三雄，他們先後爭雄於當時，造就了「文藝復興」這光輝的時期。

米開朗基羅是「三雄」中最大的英雄。他擊敗了年長的達文西，獨霸當時意大利的美術界。後來那位少壯的拉斐爾想打倒他，他便與拉斐爾暗爭，結果還是拉斐爾先死了。米開朗基羅無敵手地獨步在當時的美術界，又過了好幾十年，方停止最後的呼吸。這樣的一個大英雄，我們是不可不知道他的生平事蹟的。

米開朗基羅一生所做的事，等於一部轟轟烈烈的戰史：他不是與美術界英雄暗鬥，便是與惡劣的環境抗爭；不是與真正的革命軍戰爭，便是與衰弱多病的身體拚命。他的那種奮鬥到死、不屈不撓的精神，真是我們少年人的模範。

米開朗基羅的父親，是意大利佛羅倫斯的名人，當他做加浦列斯的長官的時候，便生了米開朗基羅。不幸到六歲，米開朗基羅的母親就死了，於是一家人搬到佛羅倫斯，把他寄養在一個石匠家裏。因此這個小英雄每天在石頭堆裏玩着，並且看着那些石匠把雪白的大理石鑿出種種的花紋，雕成各式各樣的人像。他覺得很有趣，從此就喜歡雕刻了。

待年紀大些，米開朗基羅就進學校讀書。但他不肯用功，時常賴着不進學校。或在上課的時候，不聽老師講課，只做自己喜歡的事。他最愛做的就是東塗西抹，用泥土塑人像，用石塊造房子，因此經常被父親及師長鞭打。後來家裏要他學商業，但是他不願意，一定要學美術。然而他的家人都很看不起美術，所以父親責罵他，打他更加厲害。不幸的米開朗基羅從小既未嚐到慈母的愛，卻飽嚐了嚴父的殘酷教訓。他有苦無處訴，是多麼的孤苦啊！

雖然父親禁止他學畫，可是他仍偷偷地學着，慢慢地竟也學得很好。到了十三歲，有一天，米開朗基羅的一個跟從名畫家吉蘭達約先生學畫的朋友，來揀了他畫的一幅畫，跟他一起去拜見吉蘭達約先生。先生一見他的畫，便大加讚賞，稱他為天才，叫他學畫而不要讀書了。於是米開朗基羅興致勃勃地跑回家去，向父親報告，並且懇求他。父親覺得當代大畫家都讚美他，想來總是有些出息的，因此就答應讓他不再進學校，跟從吉蘭達約學畫了。

米開朗基羅在那裏不過一年多，進步快得驚人，他畫得比先生還要好了，因此先生沒有能力再教他，甚至心裏還有些嫉妒他，結果彼此很不開心的離別了。

轟轟烈烈：形容事業的興旺，也形容聲勢十分浩大。

不屈不撓：比喻在壓力和困難面前不屈服，表現十分頑強。

興致勃勃：形容興趣很濃厚，情緒很高的樣子。

《大衛雕像》

當米開朗基羅有了相當的繪畫能力之後，就轉入麥第奇的雕刻學校學雕刻。當地有一個有權有勢並且很有錢的貴族，名叫羅倫佐。羅倫佐很看重他，並請他到自己王宮似的大宅子裏去。這位羅倫佐先生很喜歡美術，所以家裏收藏了不少有名的雕刻與繪畫，現在都拿出來供米開朗基羅研究，並且每月給他五百金幣作為零用錢，愛護他就像愛護自己家中的子弟一般。

米開朗基羅在羅倫佐先生家裏一住好多年，認識了許多當代有名的學者、詩人、畫家，在雕刻、文學、哲學和繪畫等方面都有大大的進步，並且畫了許多有名的畫，刻了幾種有名的雕刻。但是不久羅倫佐死了，他便只能再到外面工作。他做事很勤奮，只知日夜操勞，連吃飯的時間都沒有。同時他家庭的負擔又很重，即便在自己沒有錢時，家中要錢用，他也從來不推辭，總是想方設法去籌集金錢。所以他個人的生活很艱難，飢寒交迫，常常只吃一些麵包過日子，因此弄得身體很瘦弱，總是有各種病痛，甚至心痛。他一生患病的次數很多，後來有兩次嚴重得幾乎死去。但是，他的生活雖然這樣窮苦，身體雖然這樣多病，卻無形中有一種力量叫他奮鬥，至死方休。

從羅倫佐家中出來工作了一段時間後，他來到羅馬，在那裏創作了很多雕刻作品。全羅馬的人都對他交口稱讚，他的名聲就慢慢響亮起來，那時他只不過二十四歲。

他的名聲傳到了故鄉佛羅倫斯，當地政府就派人去請他歸來。在一個戲院門前，有一塊十分巨大的大理石像山一樣的橫臥着，不知經過多少年了，但是從來沒有一個雕刻家敢動手把它雕成石像。現在米開朗基羅受佛羅倫斯人的委托，要把這大石雕刻成聖人大衛的像。我們現在還常常能從書本上看到《大衛雕像》的照片。它全身裸體，連基座一起共有 5.5 米高，重達 5.5 噸。據説當時《大衛雕像》雕好之後，買主嫌像上的鼻子太闊，於是米開朗基羅就拿了一把銼子和一些石粉，上去輕輕的磨擦了一下，稍作修改，買主就對他説道：「現在果然好得多了，你真能使他像活了一樣！」

這買主受了他的愚弄而不自知，米開朗基羅忍不住暗地裏偷笑。

後來，因為要把這巨像搬運到大街中央陳列，買主用了四五十個力氣大的工人，並且還特地請了一位建築工程師負責轉運的事情，費了四天功夫，才搬了過去。搬的時候，佛羅倫斯的一部分人民，因嫌這雕像全身裸體，覺得對社會的風氣和教育都有不好的影響，就想要乘此機會用石塊擊毀它。幸虧買主防備得十分周到，大衛像才沒有受到傷害。

想方設法：想盡種種方法。

飢寒交迫：缺衣少食，又餓又冷。形容生活極端貧困。

交口稱讚：異口同聲地稱讚。

米開朗基羅與達文西

米開朗基羅作為一名雕刻家，正在佛羅倫斯慢慢被人們熟悉的時候，被人稱為「文藝復興時期三雄」之一的達文西也正從外地旅行歸來，安居在那裏。他也是一個多才多藝的人，有兩幅千古不朽、聞名於世的傑作。一幅名為《最後的晚餐》，這畫經過三年晝夜不息地繪畫才完成；另一幅名為《蒙娜麗莎》，這幅畫的面積雖然不大，可是從開始至畫成竟費了五年的光陰，可真是花了大功夫。

達文西不僅畫得一手好畫，同時他對於雕刻、建築、詩歌、音樂、數學、物理、化學、博物、歷史、地理等都很精通，這真是不容易的事。而且他的體育也很好，為人很講仁義，常愛抱打不平。所以他不但是一個畫家，同時還是體育家、科學家、發明家等。但所有這些，對達文西來說都並不重要。他最愛做的，還是畫畫。

多才多藝的達文西從各地旅行回到佛羅倫斯，正是那幅著名的《蒙娜麗莎》被全國人們熱烈讚美的時候。達文西和米開朗基羅，這兩個天才在同一個地方，同時受人讚頌，論理也應當互相握手，做好朋友。誰知他倆始終無法好好相處。達文西因為自己年長，所以常常譏笑後生小子米開朗基羅，而米開朗基羅也總是後來居上似的看不起這老將達文西。有一天，達文西在大街上散步，碰到有人討論但丁的詩句。他們正在辯論，想請達文西去代為解釋，恰巧這時米開朗基羅也經過那裏，於是達文西便裝作很謙虛的向他說：

「請你去向他們解釋吧！」

誰知米開朗基羅卻很輕視地答道：

「最好你自己解釋吧，你這連銅馬都鑄不成的人，這樣不中用，不羞愧嗎？」

他們兩人一旦相遇，總是要爭論不休。非但口頭上不客氣，作畫方面也互相暗爭：你畫一幅甚麼，他也畫一幅差不多性質的來與你對抗。漸漸地年輕的米開朗基羅名望一天比一天高，就無人注意到年老的達文西。因此達文西很慚愧，後來就孤獨地離開了佛羅倫斯，離開了意大利，跑到法國的鄉下，孤零零地住在那裏，一直到死。

一個人的偉大傑作

米開朗基羅的聲勢壓倒了達文西之後，他就成了意大利美術界的帝王。從此以後，羅馬教皇經常請他雕刻石像，畫教堂的壁畫，甚至建築教堂，真是能者多勞。他一生東奔西跑，忙個不停，因此成就了許多不朽的作品，一直留傳到今天，供人們欣賞。

有一年，教皇尤里烏斯二世召米開朗基羅到羅馬，要他造一座墳墓。這位教皇的性格和他差不多，他們彼此很投契，所以他很起勁地制定了一個驚人的計劃：這墳墓將非常宏大，要造四十個巨大的雕像用來裝飾。教皇大喜，立刻請他到著名的石料產地卡拉雷山去選擇石材。米開朗基羅在山中費了八個月工夫，採選了許多精美的大理石，從海路運到羅馬皇宮裏的廣場上，堆得就像一座山似的高。他就住在那裏，開始了工作。教皇很器重他，每日總要去看他幾次，兩人親密得就像兄弟一樣，並且因為要往來便利，教皇還特別造了一條通道直達他的住處。

當時有一個建築家名叫布拉曼特，是「三雄」之一——拉斐爾的朋友，他也是個很有才能的人，徒弟很多。他們都嫉妒米開朗基羅，都想陷害他。在教皇與米開朗基羅感情最好的時候，布拉曼特勸教皇説，自己活着時先造墳墓是很不祥的，不如暫緩造墓，改為建廟。教皇居然聽信了這奸人的話，放棄墳墓的計劃。米開朗基羅白白的辛苦了一年，而且所買的大理石，教皇都不承認，反要他付錢，他對此失望透頂。布拉曼特假造教皇的命令驅逐米開朗基羅，他只得把所有的東西典當變賣，再逃回故鄉。後來教皇得知驅逐他的命令是假造的，於是派了五個騎兵去追他回來。他卻僅僅答應教皇以後再來羅馬，沒有立刻返回。

趕走了米開朗基羅，布拉曼特大權在握，隨即開工建築大廟，並把米開朗基羅所作的東西都破壞了，或讓市民取去。那時教皇也恨布拉曼特行為不當了，就寫信給米開朗基羅，要他回羅馬，但他不肯；後來教皇親自去找他，要他重回羅馬畫西斯廷教堂的天花板。他再三推辭，教皇也再三指定要他畫。西斯廷教堂是很偉大的，經過好幾任教皇的經營，裏面有許多從前大畫家的壁畫，並且現在米開朗基羅的對手拉斐爾也正在那裏作畫，所以他最終還是答應了。米開朗基羅從沒有畫過壁畫，當時布拉曼特一黨的人都盼望他失敗，甚至還代他造起架子，限定他不許用助手。米開朗基羅也正嫌棄助手太呆笨，於是乾脆獨自一人關在室內工作。

那時他的父親經常寫信來責罵他不顧家，而家裏的三個兄弟行為都很不好，不單把家裏的積蓄花光了，還背着他虐待年老的父親。那時米開朗基羅內受家庭的困擾，外受對手的妒忌，還要面對各種創作上的困難，心裏的痛苦幾乎逼得他想要自殺。可是他畢竟是有志氣的，仍然用拼搏的精神，勇敢地與惡劣環境戰鬥着，真叫人佩服。

有一天，教皇嫌他畫得太慢，就跑來問他甚麼時候可以完工，他答道：「完工的時候就算完工。」

教皇聽了大怒，用手杖打他。他很氣憤，便回到住處，預備離開羅馬。這時候，教皇又後悔了，派人送他五百金幣，向他謝罪。他才平息怒氣，再繼續工作。過了兩天，他又對教皇很不敬，教皇氣得罵道：「你要我拉你下這架子嗎？」

終於有一天，米開朗基羅從容地走下他的畫台，揭開畫面上蒙着的布幔。原來他畫了五年的偉大傑作，已大功告成了。這畫一完成，他的仇敵都驚呆了，連妒忌他的拉斐爾，也不得不暗暗讚歎道：

「感謝上帝，使我能夠生在米開朗基羅的時代。」從此拉斐爾的畫法，也竟因此改變了。

能者多勞：指能幹的人做事多，受到的勞累也多，也指能力強的人獲得的酬勞也多。

器重：看重，重視。

大權在握：手中掌握着很大的權力。

大功告成：指巨大工程或重要任務宣告完成。

聰明絕頂，困苦一生

米開朗基羅畫好西斯廷教堂頂上的壁畫之後，連文藝復興三雄之一的拉斐爾心裏也很佩服他。然而拉斐爾同時也很妒忌他，兩人相遇總要互相譏笑。有一次，米開朗基羅獨自一人在街上散步，忽然看見拉斐爾從對面大踏步地走來，後面跟了一羣人，樣子很是威風。他很看不慣，就對着他罵道：

「擺甚麼架子！倒有些像被人押進監牢裏去一樣。」

拉斐爾給他罵了，當然不服氣，看見他一人走着，便罵道：

「哼，你更像被人驅逐出來一樣！」

過了幾年，他的仇人布拉曼特和拉斐爾都相繼逝世了，他的心裏方才安定了些。可是，反對他的人與仇視他的人還有很多，他們圍繞在他的四周。對於這些微不足道的無名小卒，米開朗基羅是不願去計較的，他不屑於與他們爭論。

當米開朗基羅六十多歲的時候，教皇保羅三世請他再畫西斯廷教堂祭壇上面的大壁畫。前後費了七年工夫，他終於畫成生平最有名的偉大傑作——《最後的審判》。這是世界上最大的壁畫，上面一共畫了一百多人，都是同真人的身體一般大小。

據説畫這畫的時候，有一次，米開朗基羅從很高的畫台上跌下來，傷了一隻腳，但他不許人來醫治，因為他生平最厭惡醫生。又有一次，教皇同一個名叫皮阿喬的教友來看畫，順便問他説：

「米開朗基羅的畫如何？」

皮阿喬回答：「這樣的圖畫，只可以裝飾旅館和浴室，不配在這神聖的祭壇上面安放。」

米開朗基羅聽到後，幾乎氣得昏了過去。他當時不説甚麼，等皮阿喬走後，就把他的面容畫在畫中地獄的一部分裏，並且在他的腳部畫了一條蛇纏繞着。皮阿喬知道米開朗基羅這樣侮辱他，便告訴教皇。教皇回答得很巧妙，他説：

「假如米開朗基羅把你安置在畫中的告誡處，那我倒還有力量幫助你；現在他把你放在地獄裏，那我卻不能為你贖罪了。」

由此可知米開朗基羅多麼聰明，歷任的教皇又是怎樣尊重他了。

米開朗基羅是一個大藝術家，可是也曾參加過戰爭，發明過武器。在一次佛羅倫斯發生的戰亂中，他就發明了幾種頗為有力的武器。

總之，米開朗基羅是個多才多藝的人，而正因為如此有才能，所以他的一生很忙。他很勤勞，一天到晚的忙着，一年到頭的忙着，一生到死的忙着，從未空費過一刻的光陰，忙到半夜裏睡覺時，衣服鞋襪都沒有功夫脫下。有一次他的腳腫起來了，有人替他把好久未脫過的靴子脫下，誰知竟連皮一齊脫了下來。他到了八十多歲的時候，還日夜工作着。

米開朗基羅雖然是個大藝術家，但卻很窮苦，一家老小都要靠他生活，很不容易。他自己很儉樸，住在一間小屋裏，每天只吃很少東西。他的身體本來很強壯，因為過分勞苦，便漸漸變得衰弱多病。可是他並不因此而不工作；他與病魔爭鬥，仍拚命地努力，不息地工作着。他能創造出許多偉大的雕刻、繪畫和建築，便是如此不息地工作的結果。

米開朗基羅最終活到九十歲。在這九十年裏，教皇換了七八位，每位教皇都很崇拜他，都請他作畫雕刻。他的才能，使得一般人都很敬重他，公爵和他同席並坐，王子向他脫帽鞠躬。但是妒忌他而視他如仇敵的人也很多，不過最後他們都失敗了，而他卻因與他們競爭，反而創造出不少傑作。

米開朗基羅一生忙忙碌碌，一刻不

偉大的藝術家，一生不斷地與內外的仇敵、疾病與貧窮作鬥爭。我們應當敬重他，學習他不畏艱難、奮鬥不息的精神。

停地趕出許多偉大的繪畫、雕刻和建築物，就像是上天有意派他下來，把許多優美的作品帶到人間。所以，我們應當敬重他，學習他不畏艱難、奮鬥不息的精神。

微不足道：指事物的意义、价值等微小得不值得一提。

無名小卒：比喻沒有名望或地位的人。

尊重：尊敬，重視。

敬重：恭敬尊重。

達維德

一心想要做官

真正的大藝術家，大都是個性強烈，不貪慕虛榮的。他們非但不喜歡迎合人家的心意，有時竟憎恨或輕視那些達官貴人。因此大藝術家的境遇總是很惡劣的，物質上既很困難，精神上又頗孤獨。這不幸的命運，好像是上天專門用來玩弄藝術家似的，不論古今中外，例子真是多到數不勝數。

但是事情也有例外，身為畫家而做過大官的，不論在中國或西方的美術史上，我們都可以見到。像我國唐朝時候便有兩位大畫家是做過大官的：一位名叫王維，他是南宗畫派的開山鼻祖，可是他曾做過尚書右丞，這尚書右丞便是宰相，故後人都稱他王右丞；還有一位名叫李思訓，他是北宗畫派的祖師，官做到左武衛大將軍，所以人們都叫他大李將軍。

在西方也有一位做官的畫家，名叫達維德（Jacques Louis David），他是近代古典派的首領，曾經做過歷史上從未出現過的「美術總督」的官職。

達維德是法國巴黎人，生於公元1748年。他能把人的面貌畫得十分像，並且十分美，所以請他畫像的人很多，他因此就以肖像畫家出了名。但為人畫像，所得的報酬很有限。達維德不願過這貧苦的生活，因此他竭力想做官。原來他是喜歡追求名利的人，他覺得做了官，名譽好聽了，富貴也有了，這樣他的慾望也就滿足了。

做官的念頭無時無刻都出現在達維德心頭，他想如果遇到有權勢的人，一定要盡力去討好。就這樣等着，等着，一直等到四十多歲，達維德的時運來了。

那時法國發生革命，達維德提了畫箱，跟着革命黨領袖羅伯斯庇爾到處跑。他從此不畫肖像了，改畫皇帝的罪惡、革命黨的好處，因為用這些畫向民眾宣傳，很有力量。當時的皇帝恨得對他發出通緝令，可偏偏捉不到他，而達維德的聲望更高，羅伯斯庇爾也更相信他了。革命政府成立後，任命達維德做代議士。

他昔日想要做官的慾望，現在竟然達成了，因此他非常得意。為了使所有人都尊敬他，便狐假虎威地發號施令，關閉了巴黎的美術學校，叫全國畫家都以他為師。那時他的權威真是大極了。

但幸運是不能持久的，福去便要禍來。達維德正在作威作福的時候，羅伯斯庇爾的勢力被皇帝打倒，同時革命政府也被推翻，達維德被捕，在獄中度過了六個月。他在獄中不敢作革命畫，只好依舊畫肖像畫這老本行。等到出獄之後，便用近作開了一場展覽會，一般人因他的聲名很大，所以都不惜出高價買了入場券來看。通過這一次展覽會，達維德賺了七萬法郎。但他還是不滿足，在家悶悶不樂，仍是想等機會，每天作着升官發財的夢。

羅伯斯庇爾的革命雖然失敗了，但因法皇的罪惡深重，民眾怨聲載道，所以法國很多有志青年都起來鬧革命。這時，世界聞名的大英雄拿破崙出現了。他不但平定了國內的戰亂，還征服了四鄰的強國。巧得很，在青年時候，達維德曾經為這大英雄畫過肖像，現在見大英雄得勢，便又提了畫箱來為他畫像，借此討好拿破崙。當幅畫名叫《拿破崙越嶮圖》，是讚美拿破崙的英武的，並且畫得十分雄壯。當大英雄凱旋歸來，設酒宴慶賀的時候，就拉達維德坐在身旁，達維德又開始得意起來了。

貪慕虛榮：貪圖榮耀，羨慕錢財名利。

無時無刻：常與否定詞連用，指時時刻刻、隨時。

發號施令：發佈命令，指揮別人。

作威作福：憑藉職位，濫用權力，橫行霸道。

怨聲載道：形容人民羣眾普遍強烈不滿。

客死異鄉

達維德經歷過貧苦日子，進過監牢，但當官的心願一直沒有消失過。當他獲得拿破崙的賞識後，又重新有了當官的希望。後來拿破崙遠征埃及，凱旋而歸，達維德又為這民族英雄畫了一幅大大的《進軍圖》，不用說這大英雄看了當然是十分歡喜的。

所以等到拿破崙做了首席執政官，就封他做「美術總督」，這美術總督的職位當然比從前的代議士要高得多，是握有管理全國美術界的權力的。當時拿破崙為法國之主，歐洲各國又都依附在他的勢力之下，所以達維德也就等於全歐洲的美術總督了。

拿破崙的雄心很大，他雖然是反對

專制，讚美共和的，但是做了首席執政官之後，又想做皇帝了。達維德因為拿破崙變了心想做皇帝，他要保持自己的富貴，當然也就變節了。因此他為拿破崙畫了一幅《戴冠式》及許多讚美拿破崙皇帝的畫，來博取他的歡心。從此，拿破崙做政治上的皇帝，達維德也就等於做了美術上的皇帝，他當時的權勢有多大就可想而知了。

正當達維德志得意滿的時候，做夢也想不到他的靠山——拿破崙又被人趕走了，法國人另外迎立了一個路易十八世做新皇帝。達維德幾乎被捕，幸虧新皇帝寬容大度，看他到底是一個無足輕重的肖像畫家，所以沒有處罰他，達維德真是僥倖極了。

達維德做了這兩次大官，富貴的幸福也享受盡了，加之年齡也有六十餘歲，論理也應當退隱鄉里，過那安樂舒適的生活，度過餘生。但是他的野心仍像年少時一樣，他在家中仍像前次從牢獄裏出來後一樣鬱鬱不得志，預備待時而動。

他那做大官的夢，果然是還要再實現一次的。拿破崙逃走之後，休養了一年，便又帶領大軍來攻法國，把路易十八世趕走，自己仍舊做了皇帝，達維德又托他的福再當上美術總督。

然而拿破崙這一次上台，時間很短，只不過一年，他的皇位再次被人推翻。而且這次的結局相當悲慘，拿破崙被囚禁在大西洋中的一個孤島上，斷送了一生。達維德呢，拚了老命逃到比利時，最終客死異鄉，死時的境況還很淒慘。後來，他的弟子們想把他的遺骸運回祖國埋葬，於是向法國政府提出請求，但未能得到許可。他的許多作品也遭到同樣的待遇，被驅逐出國，不准陳列在法國境內。

達維德的畫是很有價值的，可惜他的人格並不高尚。他只想做官，貪富貴，弄威權，求名譽，並且專愛奉承那些有權勢的人。而他一生的結局，就是亡命於異國，客死在他鄉，並且連屍骨也永不得回歸故里，令人不得不為他惋惜。而我們中國那兩位南北畫派祖師——王維與李思訓，他們雖然都做過大官，但他們的人格是很清高的，他們並不去向人家獻媚，也不貪慕虛榮。比如王維，

一心只想得到榮華富貴、貪慕虛榮的人，最後總是沒有好下場。

他是信佛教的，不吃葷，不穿華美的衣服，這樣還能貪富貴嗎？所以將王維、李思訓來與達維德相比，馬上就能顯出誰的人格更高尚，人們實在很難對達維德生出尊敬之心。

變節：改變原有的志向或作為，舊時常指向敵人投降，失去氣節。

志得意滿：志向實現，心滿意足。

客死異鄉：在不是自己的家鄉或常住的地方死去。通常用來形容一個人常年在外，到臨死還回不了家。

奉承：說好聽的話去討好別人。

字詞測試站 1

生活中，有很多我們熟悉的，類似「出風頭」這樣的三字成語。你能為下面這些三字成語找到對應的解釋嗎？

1 安樂窩	A. 比喻失勢的壞人
2 背黑鍋	B. 特指酒
3 地頭蛇	C. 指安靜舒適的住處
4 定心丸	D. 比喻受到了委屈，代別人承受錯誤
5 杯中物	E. 比喻能安定人情緒思想的話，或做法
6 落水狗	F. 在當地有勢力，或相當有能力的人物

米勒

大畫家的童年

米勒（Jean-Francois Millet）是法國近代最受人民喜愛的偉大畫家，他的畫作以田園生活為主，表現出大自然的美麗和雄偉。可是，在他成名之前，卻經歷了各種各樣的艱難與困苦。

米勒生在法國絡勒維爾一個農民家裏。他的父親雖然是一個種田的農夫，卻愛好音樂和雕刻。沒事的時候，他常教村裏的農夫們唱歌。有時他會揀田裏的泥土塑起人像來，或取了一段木頭，一塊石頭，雕刻各種東西。米勒的祖母也是個知書識禮的人，並且是基督教的忠實信徒，十分慈祥。米勒年幼時，每天清早就跟一家人到田裏去種田，下午回家，祖母教他讀書，並且把聖經裏的故事講給他聽。聖經對年幼的米勒影響很大，所以米勒一生為人是很善良的。

米勒午前幹農活，午後讀書，有空便做他喜歡的事。他最喜歡的便是東塗西抹，口袋裏常藏着木頭燒成的炭條。上午，他用這炭條在石頭上描畫勞動中的農夫與牛馬的形狀；下午，他便取出一本小冊子，到門前屋後或鄉村的附近，描畫風景。從未有人叫他學畫，更從未有人教他作畫，但他卻不息地畫着，並且畫得越來越好。只是，從沒有一個人注意到他在學畫。

有一天，他在田裏工作的時候，看見一個老人勞動的情景。他覺得很美，就把這情景牢牢記在心裏。下午回家之後，米勒取了炭條和紙張把記憶中的老農夫畫了出來。畫畫得很像，所以他很滿意，就把這幅畫送去給父親看。

父親第一次注意到他的畫，看完驚喜得連連吻兒子的臉頰。他這才知道，原來米勒擁有這樣的美術天才！父親立刻叫米勒從明天起用功作畫，不要種田了，那時米勒的年紀只不過十多歲。

米勒聽見父親這樣吩咐，高興得不得了，從此他就一心一意的學畫了。不久，父親又為他預備了一套行李，借到一些旅費，送他到希爾堡城裏一個當地有名的畫家——米歇爾那裏去，拜他做老師。父親還把米勒新近畫的兩幅畫拿出來請先生指教。米歇爾先生看了這兩幅畫，又細細地端詳了米勒，不覺驚歎了一下。米勒父親聽見先生歎氣便慌張起來，他以為兒子的畫畫得不好，不配來拜先生為師，所以先生才歎氣。當他正想向米歇爾先生賠不是，請求原諒的時候，先生忽然很莊嚴地對他說道：

「你把這樣一個聰敏的兒子一直埋沒在荒村裏，使他的天才不能發揮出來，你的罪過真是不小啊！」

原來米勒這兩幅畫非常好：一幅畫的是牧羊人，後面跟着一羣小羊；還有一幅畫的是在寒冬的半夜裏，一個慈善家拿了許多熱的麪包，分給又凍又餓的窮人。這兩幅畫畫得像真的一樣，並且都很有意義，誰看了都要感動。米歇爾先生看了這兩幅畫已經很佩服，再一看畫這畫的人年紀這樣小，因此不覺讚歎起來。

當時，米勒的父親聽了先生説的話，既慚愧又歡喜。慚愧的是沒有早早叫兒子學畫，歡喜的是自己兒子有美術天才。於是他就送上學費，從此米勒成為畫家米歇爾先生門下的一個學生。從小便在田間勞動的他，終於正式踏上了學習畫畫的道路。

驚喜：又吃驚，又歡喜。

慌張：恐懼緊張，動作忙亂。

莊嚴：莊重而嚴肅。

慚愧：因有缺點、錯誤，或沒能盡到責任而感覺到不安或者羞恥。

為永遠描畫

米勒第一位跟從的畫畫老師，就是米歇爾先生。他在先生處非常努力地學畫，加之天資聰明，所以進步得很快。不久，他就畫得比先生更好了。

可他的父親就在這時不幸去世了。米勒是長子，只得回到鄉間管理家事。他雖然在家種田，卻仍繼續不斷地努力作畫。當時的縣長得知他很有美術天才，不忍把他的才華浪費在田野裏，於是每年補助他二百塊錢，送他到畫家雲集的巴黎去學畫。米勒當然很樂意。臨行時，他的祖母曾給他一次很有力量的教訓，大致是說：

「你要做畫家，先要做善良的人。你要為永遠描畫……要我看見你做惡人，我寧可看見你死。」

米勒能成為世界聞名的大畫家，他的畫所以能夠永久地留傳下去及被人讚美，原因就是他一直遵從祖母的教訓。這教訓也值得小朋友們學習：無論做哪一種職業，都應當先有善良的品性。

依依不捨地告別家人後，米勒來到巴黎。他住在巴黎十二年，一直過着很貧苦的生活，但在畫畫方面卻進步驚人。那時，他慈愛的祖母去世了，他也娶了妻，生了子女。他的第一位妻子去世後，他又娶了一位善良的後妻。米勒最後能成為大畫家，受後妻的幫助及勉勵實在很多。

米勒在巴黎的時候，裸體畫作得最多，肖像和故事畫也不少。他本來只喜歡畫田野的農夫，或貧苦的工人之類，可是當時的人都不懂這種畫的深刻意思，只喜歡買那些裸體女子和王侯肖像之類淺薄的畫來裝飾自己的房間。米勒當時很窮，為了養活家中的妻子兒女，他被迫去畫裸體畫。這是他不得已的苦衷。

有一次，米勒一幅題名《村婦》的畫，在一場盛大的展覽上展出，他們把他這幅畫陳列在第一室。從此米勒的名聲就漸漸地大起來，他的畫常給印刷店印成畫片發賣了。

但是有一天，米勒偶然走過一家印刷店門口，恰巧有幾個過路人指着櫥內他畫的裸體畫，批評他說：

「米勒這個人，除了裸體畫之外，簡

直都不會畫別的東西了。」

說話的人不知道無意之中竟被米勒聽見了他們的話。米勒當時沒有同他們辯論甚麼，可心裏卻悶悶不樂。他憤憤不平，因為那些人不知他的苦衷，只會瞎批評；他能理解他們，因為自己的確只畫裸體畫，難怪人家這樣批評；但他也很感激他們，因為這話提醒了他，他從此可以改變方向了。米勒回到家裏，很不開心地躺在牀上，眼中飽含淚水。他無意中看到祖母的遺像，忽然想起她的遺訓——

「你要為永遠描畫……」

對，好的畫，應得到未來的人永遠的讚美並留傳千年的，那才算有價值。反之，不好的畫，只能受到當時人們的歡迎，很快就會被人所厭棄。現在他只是以金錢為目的而描畫，而不是為永遠描畫。違背了祖母的遺訓，他心中更覺痛苦。

從此之後，他便不再畫裸體，要畫永遠的畫。他堅定了決心，賢惠的妻子也支持他。不畫裸體畫，就不能得到很多的金錢，生活就會很困苦。但他的妻子卻願意吃苦，支持她的丈夫去畫永遠的畫，以成就丈夫的志向，實在難得。

志向既定，米勒決意搬到離巴黎不遠的巴比松去。因為他對農村的生活念念不忘，田野鄉村才能幫他畫出好的作品。巴比松風景優美，居住着許多志同道合的畫家，後來無形中還成為一種畫派，在美術史上相當有地位。米勒在這裏住了二十七年，創作出許多「為永遠描畫」的偉大傑作。

依依不捨：形容很留戀，十分捨不得。

悶悶不樂：心裏苦悶，不快樂。

憤憤不平：心中不服，感到氣憤。

念念不忘：牢記在心裏，時時刻刻都不忘記。

窮困而偉大的畫家

米勒搬到鄉村巴比松居住後，因為生活貧困，他的妻子必須節省家用：家中燒的柴草是自己到樹林裏拾來的，吃的菜是自己親自種的，每天只喝兩碗稀粥，吃幾塊黑麵包，有時連黑麵包也不夠了，只好讓小孩子吃飽，自己捱着餓。

在那裏，米勒創作了一幅又一幅偉大的傑作。《播種者》、《拾穗者》、《晚禱》等有名的畫都是在那裏畫成的，現在世界各國的人仍高度讚美這些畫作。它們所畫的多是窮苦農民的生活情形，使我們看了就要可憐那些農民。

米勒雖然畫了這許多傑作，但它們既不是裸體畫，又不是王侯肖像，所以當時沒有人願出錢來買，他更加窮了，因此米勒一家常常捱餓。他沒錢還債，人家就請了警察來討。他們聲勢很兇，還要捉人，嚇得孩子們都哭起來。後來米勒總算與對方講定把還錢期限寬延三天，若三天內不還清，警察定要把米勒捕去坐牢。但是到了第三天，米勒還是一個錢也沒有，他急得幾乎要自殺了。在最後關頭，有一個人可憐米勒，出了幾個法郎買下他的《拾穗者》。債是還清了，人也總算沒有被捉去坐牢，可是那幅很不願意賣給人家的畫，就為了這幾個錢給人家換去，這對米勒來說，就像把自己身體上的肉，給人家挖去一塊那樣的難受，可這有甚麼辦法呢？

像這樣的事情，米勒一生中遇到很多。有一次，他的夫人快要生孩子了，然而他家卻已有四天沒柴沒米。孩子們吃了些麵包屑，米勒自己是一直捱着餓，連一杯開水也沒得喝，到了夜裏連蠟燭也沒有半支。黑暗中，他坐在牀頭，聽着孩子們斷斷續續的叫餓的哭聲，撫摸着他們骨瘦如柴的身體，又聽着他妻子無精打采地歎氣，再想着明天該怎樣活下去，米勒的眼淚連珠般的落下來。最後，他忍不住放聲大哭。正在這時，外面忽然有敲門的聲音，而且敲得很急，他大驚失色，以為又是甚麼債主帶了警察來捉人。外面的人把門敲得連牆壁都震動了，他只得去開門。

誰知，走進來的兩個人，雖然是政府派來的，卻不是捉人的警察；他們的態度和言語並不兇惡，卻是和藹可親的；

他們到來，也不是為人討債，卻是為官府送錢來獎勵他的。

米勒從他們的手中接過一個重重的錢包。等他們離開後，他把錢包打開一看，是一百法郎。看着這意外得到的錢，他起初還以為是做夢呢！

原來，政府知道他是一個天才的畫家，卻生活困難，所以特地命人以獎賞的名義送些錢來救濟他。

關於米勒的艱苦生活，真是説之不盡。兒女一年年多起來，因此家庭經濟負擔也一天天重起來。而他自從不作裸體畫後，誰也不來買他的畫，所以沒法賺到錢，弄得一家時常凍餓，時常使他急得走投無路。幸虧巴比松的許多畫友，都是很有情誼的，一知道他沒有柴米的時候，便暗暗的想辦法救助他。像巴比松最有名的畫家叫盧梭，有一次因為米勒遇到困難，便不用自己的真名，以一百六十法郎買了他一張畫。畫友第阿茲，也有一次騙他說美國某收藏家要買他的畫，送給他許多錢，買了他幾張畫。米勒總以為是人家來買他的畫，而不知都是畫友暗地幫助他。

總之，米勒一生的命運是很不幸的。可是當他急難的時候，總是很巧的有人來援助他，使他不致於餓死，這可說是不幸之中的幸事了。

骨瘦如柴：形容消瘦到極點。

無精打采：形容精神不振，情緒低落。

大驚失色：非常害怕，臉色都變了。

和藹可親：態度溫和，容易接近。

「窮」畫家的「貴」作品

米勒大半生的生活是不幸的，一直到他老年的時候，運氣才開始來到他的身邊。在他最困難的一刻，政府送了獎金給他，幫助他渡過難關，從此，他的地位就漸漸高起來。有一年巴黎開畫展，他的《拾穗者》、《播種者》、《晚禱》等七幅畫竟得到了一等獎章，他的名聲更加好了。人家雖不懂他一直努力創作的「永遠的畫」的好處，但因為仰慕他的名譽，也就漸漸有人來買他的畫，請他作畫了。他的傑作《晚禱》，就在那時給人以一千法郎買了去。米勒的畫生平第一次賣到這樣的大價錢。可惜時運來得未免太晚，因為他已經老了，苦了一生的身體，已經衰弱不堪，並且不久就與他的愛妻愛子永別了。

米勒的生命是結束了，但是他為永遠描畫的許多畫是不會消亡的。而且，因為後來的人漸漸懂得欣賞高深的畫，所以他的畫一天天地為人所注意，一天天地為人所讚美，一天天地為人所珍惜。米勒雖已死去，但他的名譽和在美術界的地位卻一天比一天高。他所遺留下來的作品，經常被人爭購，價值也一天比一天高，到後來，無論出多少錢也求不到他半幅畫了。

這些是他死後三十年的事：

曾經，米勒欠了人家的錢幾乎要被捉去坐牢，有人出幾個法郎把他的《拾穗者》買去。當時，那買畫的人並不是看中《拾穗者》這張畫，只不過可憐米勒，想救濟他，為了送他一些錢，隨便地取了這張畫回去。但是到了三十年後，情形可就大不同了。凡是米勒的畫，賣價都很高，而且還很難買到。這幅《拾穗者》，被一個到法國來遊歷的美國富人看見了。他對這幅畫愛不釋手，一定要買。這畫的主人開價就要十萬法郎，誰知美國人竟立刻付款，一分錢也不少。於是這張起初只出了幾個法郎隨隨便便買來的《拾穗者》，現在賣出十萬法郎的高價，被美國人視若珍寶，運回美國去了。

還有那張《晚禱》，情形更有趣了。米勒在世時，這《晚禱》不是被人用一千法郎買去的嗎？並且當時這價錢，還被認為是米勒的作品能賣出的前所未有的高價。但是到了三十年後，竟又被美國人以五十五萬三千法郎買回本國去珍藏起來。法國政府知道這消息後，覺得很可惜。人們都認為 —— 米勒是我們法蘭西的大畫家，《晚禱》是米勒的傑作，是法蘭西的國寶，豈可讓別國人奪去呢？況且《拾穗者》那幅畫已經被美國人拿去了，現在這《晚禱》一定要收回來。於是，法國政府就派人到美國去商談，定要買回《晚禱》。美國政府認為《拾穗者》已經是我們的了，這幅《晚禱》就退還給他們吧。最後，經過幾次交涉，法國政府出了七十五萬法郎，才把這全世界人們所共同讚美的《晚禱》收回本國。

米勒活着的時候，沒有人願意拿錢來買他的畫，可是在死後，他就為人所看重，他的畫也為人所爭奪，一幅畫要

偉大的藝術家，生前總是窮苦而不幸的；直到他們死去以後，人們才開始認識他們的才華和能力。

賣七十五萬法郎。這雖然是值得歡喜的事，可是回想米勒的一生，不也很可悲嗎？

愛不釋手：喜愛得不捨得放手。

視若珍寶：形容十分珍愛某件東西。

字詞測試站2

把人寫出來

　　這幾篇文章中有很多描寫人的詞匯，把它們組織起來吧！

寫人的外表：骨瘦如柴、＿＿＿＿＿

寫人的狀態：驚喜、＿＿＿＿＿

寫人的心情：慚愧、＿＿＿＿＿、＿＿＿＿＿

寫人的態度：和藹可親

寫人的意志：百折不回

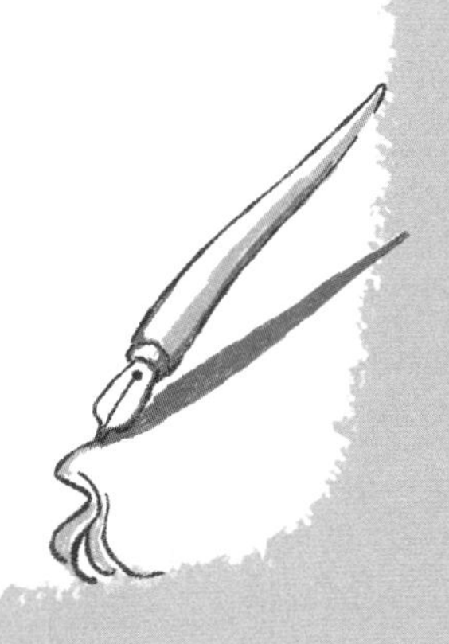

顧愷之

三絕畫家

這位有着「三絕畫家」之稱的，便是顧愷之。他是東晉時候的人，生長在太湖旁的無錫。那兒有高山峭壁，有綠水流泉，風景十分優美。這些山水林泉，滋養了他的作畫天賦。他很博學，很有才能，是畫家，同時又是文學家。他還做過大官，當時的皇帝也很器重他。

顧愷之性格詼諧，言語之間總帶幾分滑稽，所以許多人喜歡與他交往。

他最善於畫神仙。當時，有一書法家謝安石很尊重他，曾經讚他說：「自從人們開始畫畫以來，從未有人畫得如此出神入化。」後人都把顧愷之與陸探微、張僧繇尊為六朝時候的三大畫家。

顧愷之的師祖是曹弗興，他是中國畫佛的元祖，最喜歡畫大規模的人物。曾經有一次，曹弗興用五十尺長的素絹，畫一個人像，頭、面、手、足、胸、臆、肩、背，每一處都畫得很好，而且筆墨飛舞，立刻就畫成，真是不容易。又有一次，吳國皇帝孫權命曹弗興畫屏風，他一不經意，滴了一點墨水在絹上，他就想法子把這點墨畫成一個蒼蠅，補救了這個毛病。後來孫權看見了這屏風上的蒼蠅，還以為是活的，竟舉手去彈牠。可見曹弗興的畫，可以以假亂真。他還能畫龍，據說有一年的十月裏，皇帝在青溪邊遊玩，忽然看見一條赤色的龍，自天上下來，在水波上面行走。當時皇帝就命令曹弗興把龍畫出來，還親自題上詞句及珍藏起來。到了宋朝文帝時後，國內發生旱災，各地祭天求雨，仍是一滴雨也沒有。於是皇帝就取曹弗興的這幅「龍」，放在水面上。誰知一剎那間竟風起雲湧，然後大雨接連落了數十日。這雖然是迷信的傳說，不可相信，然而也可以看出世人是如何崇拜曹弗興的神妙畫技了。

有了曹弗興這樣的名師，才能教出顧愷之這樣的出色學生來。當時，人們都說顧愷之有「三絕」：「才絕」、「畫絕」、「癡絕」。博學多能，善於詩賦，這便是「才絕」，現在來講他的畫是怎樣的絕吧。

六朝時代，壁畫最為流行。「壁畫」是畫在牆壁上的，所以當時名人的手跡，多是在寺院之內，或是在宮牆上面。顧愷之畫的那些仙佛，就多是壁畫。有一年，南京城新建了一所瓦官寺。寺廟落成後，和尚設立了一個佛會，請當朝的大官貴人到寺裏來參拜，並請求他們捐助。當時這些人的捐獻沒有超過十萬錢的，等到和尚請求愷之的時候，他卻很豪爽的在捐簿上大書「十萬」兩字。但他素來是以窮出名的，所以大家都以為他在開玩笑。後來寺裏的和尚要請他如數拿錢出來，於是顧愷之要求和尚在寺裏備好一面空白的牆壁，和尚照辦了。他每天早上跑到寺裏，晚上跑回家去，這樣過了一個多月，顧愷之在壁上畫成了一尊維摩詰的像，卻不許別人窺探。等到大體畫完，將要點維摩詰的眼眸時，顧愷之對寺裏的和尚說：「第一天的觀者，請他們布施十萬，第二天要五萬，第三天可任意布施。」

等到維摩詰像開放參觀的那天，來看的人果然很多，布施的人，也不斷跑來，沒多久，寺廟就得到了一百萬錢。

原來顧愷之平時畫人像，總是幾年不點眼眸的。可是此次他把維摩詰一畫成，就點好眼眸，大家都很奇怪，所以都爭着要來看，並且都很願意布施了。

論畫人像，當時是沒有人能比得上顧愷之的。曾經有一次，他替當時的一位文學家裴楷畫像，在畫中人的面頰上加了三條毛，看的人都說為裴楷特別增添了神氣。

又有一次，顧愷之要為當時做大官的殷仲堪畫像。仲堪因為有眼疾，不願給他畫。他說：「眼睛的確很重要，但我有辦法，只要等點好了眼眸，用飛白的筆法一拂過去，使它像輕雲遮蔽了月亮那樣，豈不是很美嗎？」

仲堪聽到了他有這樣美妙的補救方法，就答應給他畫了，結果他果然畫得很好。

出神入化：形容技藝高超達到了絕妙的境界。

風起雲湧：在本文中形容自然景象不斷變化；雄偉壯觀。

癡絕

顧愷之號稱「三絕畫家」，除了「才絕」、「畫絕」，我們再來看他的「癡絕」吧！

曾經有一次，顧愷之裝了一箱子畫，封好了，並且題了字句在上面，寄放在友人桓玄家裏。箱子裏的畫，都是十分珍貴的。桓玄收到之後，想捉弄一下顧愷之，就打開箱子，取出所藏的畫，再好好的封起來，同原來一樣，送還給他並且騙他說：「我沒有打開過箱子。」

顧愷之看見封條同原來的一樣，但裏面的畫是一張也沒有了，竟然很快樂而且毫無疑惑地說道：「這許多神妙的畫，已經成了精靈，竟能變化着跑走了，這就猶如我們凡人能夠成了仙昇到天上去一般。」

他說這話的時候，是真的認為箱子裏的畫一定是成精了，這不是癡到極點了嗎？

顧愷之常喜歡矜誇自己的才能，朋友們都當着面稱讚他，他聽後總是搖頭晃腦，更加得意，絲毫沒有意識到其實朋友們是有意戲弄他的。有一天夜裏，一輪明鏡似的月亮掛在天空，那綿羊毛似的雲朵緩緩浮動，他同當時一位很有名的文學家謝瞻，在花園裏賞月。他高聲地吟詠着自己的詩句時，他讀一句，謝瞻竟讚他一句，他得意得忘記了自己的疲倦。這樣經過了好久，謝瞻實在太睏要去睡覺了，就叫了一個人來代他讚歎顧愷之的詩句，但顧愷之一點也沒發覺換了人，仍不停地讀着自己的詩，一直到第二天清晨天色發亮，方盡興而止。這不又是很癡嗎？

顧愷之又很相信法術，以為施起法術來，一定是很靈驗的。於是可笑的癡事又做出來了。有一天，桓玄拿了一束柳葉，騙他說：「這是樹上的夏蟬用來隱蔽身體的葉子，假如我們用它來遮蔽身體，別人一定看不見。」

他信以為真，並且很高興地想要試驗一次。過了一會兒，他趁着桓玄不留心的時候，急忙把身體隱匿在柳葉的後面。桓玄知道他要試驗了，有意跟他開玩笑，就裝作真的看不見他，順手把一杯茶潑在他身上，然後跟平常一樣若無其事地走了。顧愷之被潑了一身水，還

做事能專心、全情投入，才會有好的成就。

極口稱讚這隱身法術果然很靈驗，他以為桓玄是真的沒有看見他的。這位大畫家的癡，真是很有意思。

也許，正因為有這樣的「癡絕」，才能使顧愷之專注於學習與作畫，才能成就他的「才絕」和「畫絕」呢！

矜誇：指驕傲自誇。

得意：指滿意，人感到滿足時的高興心情。

盡興：指人的興趣得到充分滿足。

若無其事：像沒有那回事一樣。形容遇事沉着鎮定，或不把事情放在心上。

張僧繇

以假亂真

中國的繪畫，在六朝時最為興盛。那時候，上自皇帝貴人，下至平民百姓，都信奉佛教，所以那時候最多的是和尚，並且他們都很有勢力。全國各地每年都有新建的規模很大的寺院，這些寺院要用壁畫來裝飾牆壁，甚至有的寺院裏，連菩薩都不是泥塑或木雕的，而是請名畫家來畫成壁畫。因此，許多偉大的畫家也就產生了，其中一位就是張僧繇。

這位畫家是吳中人士，曾做過將軍，又做過太守。所以他在朝廷上，也赫赫有名。但是他最被人稱讚不絕，並能留名於後世的，是他高妙的畫工。當時的梁武帝信奉佛教，各地凡新造了佛寺，武帝總是命令張僧繇去畫壁畫。所以他的壁畫，各處寺院裏都可見到，他的名字也就給大家知道了。

張僧繇最擅長人物畫。在西方，人物畫是可以分做肖像畫、宗教畫、歷史畫、風俗畫等等。肖像畫專門畫人的肖像，宗教畫專門畫宗教上的人物和事件，歷史畫專門畫過去歷史上的事件，風俗畫專門畫社會上種種生活習慣。這是西洋畫的分類，分得很有條理，我們中國畫差不多也可以這樣分。這四種畫張僧繇都畫得很好，而畫得最多的，當然是宗教畫，他在寺院裏面所畫的都是這一類。

梁武帝常常想念分居在各處的王侯，因此就命張僧繇把各位王侯的容貌都畫出來。張僧繇畫得像用照相機拍出來的那樣逼真。從此梁武帝每想到哪一位王，便去看看那一位王的像，看了肖像就像看見真人一般，他心裏便得到安慰。

張僧繇畫宗教畫曾經有幾個傳說，是很有趣的。他曾經畫過兩個天竺和尚的像。這兩個和尚本來是合畫在一幅畫上的，幾十年之後這幅畫被開成了兩幅，兩個和尚就分別在兩幅畫上了。後來，其中一幅被曾當過大官的陸堅買了去，另一幅竟兜兜轉轉傳到了洛陽一户姓李的人家裏。有一次，陸堅得了重病，他在睡夢之中，看見一個和尚，樣子很像家裏藏着的那幅張僧繇所畫的天竺和尚。這和尚對他說：

「我和我的同伴分別已經有一百多年了，如今他在洛陽城東一個姓李的人家中。你倘若能夠為我把他帶回來，使我們再能相聚在一塊兒，我定當用法力幫助你，你的病很快就能好起來。」

陸堅夢醒之後，就派人跑到洛陽去尋訪。後來終於花了十萬錢把那幅畫贖了回來。於是這兩個分別一百多年的天竺和尚又聚合在一起，陸堅的重病也立刻好了。

張僧繇還善於畫鳥，他畫的鳥兒就活像真的一般。潤州有個興國寺，寺裏的房屋都很高大，因此斑鳩、鵓鴣之類，

以假亂真，栩栩如生，好的畫作就會有撼動人心的力量。

常喜歡在樑上做窩。這些小鳥一天到晚飛來飛去，把糞落在菩薩的頭上，污穢不堪，和尚們很是憤恨，但要是驅逐牠們，又覺得不忍心。正在無法可想的時候，張僧繇來到他們的寺裏，和尚就把這種苦況告訴了他。他立刻為和尚們想出了一個妙法。他在佛殿的東壁上，畫了一隻張牙舞爪的大鷹，又在西壁上，畫了一隻兇惡的大鷂。兩隻大鳥都張開着翅膀，像飛的樣子，並且都怒瞪起眼睛，向外面望去。斑鳩、鵓鴣看見了，以為鷹鷂要來吃牠們，都放棄自己的巢，各自逃出去了。從此興國寺的大殿上，就沒有甚麼鳥敢飛進來。

你看，張僧繇的畫就是這樣的能以假亂真！

高妙：形容技術高明巧妙。

條理：有秩序地安排、發展或分類。

兜兜轉轉：在這裏指畫的下落周折反覆，經歷過許多波折。

張牙舞爪：形容猛獸兇惡可怕。也比喻猖狂兇惡。

畫龍不點睛，一點就飛去

六朝時，張僧繇畫的鳥，竟能使其他鳥兒誤認是真的，大畫家的畫，果然神妙非凡！但這還不算稀奇，因為還有一件更驚人的事：張僧繇畫的龍，一經點上眼眸，就能變成活的向天空飛去。

這事情是發生在金陵（即現在的南京）的安樂寺。張僧繇在這寺裏曾經畫過四條大白龍，但一直沒有點上眼眸。人問他為甚麼不畫眼眸，他說：

「一經點上眼眸，這龍就要飛走了。」

人家聽了，都不相信他，並且硬要請他點上眼眸。張僧繇不得已就在某日把其中的兩條龍，點上了龍眼。不料只隔了一會兒，空中果然狂風大作，烏雲滿佈，雷電交加，下起了傾盆大雨。等到雨過雲散的時候，人們再去一看，剛點好眼珠的兩條龍已經飛走了，那未點眼珠的兩條龍仍在壁上。

另一位名畫家顧愷之的師祖曹弗興，也是畫龍的能手。他曾奉命畫過青溪龍，當時人們都讚美這幅畫畫得好，但張僧繇卻很輕視這幅畫。他後來根據此幅畫的大體樣子，在龍泉亭另外畫了一幅。有一年，經過一場大雷雨，這幅壁畫也失去了，人們都認為這龍是成了神。

關於張僧繇「畫龍不點睛，一點就飛去」這故事，到現在還被人們傳説着，讚歎着。雖然我們也知道這不過是一個傳説，但由此可以看出張僧繇的畫，是如何的栩栩如生，是如何的能夠使人信服了。假使畫得不好，人們能信服他嗎？還會相信他的畫能這樣的出神入化，從而將故事流傳下來嗎？

張僧繇的畫，風格奇偉，規模宏大，但要再說出究竟怎樣的好，那是很困難的，因為他的畫傳到現在的很少。不過我們可還以說出一件事情來，證明他畫得好。

六朝之後是唐朝。唐朝初年，出了兩個兄弟畫家。這兩個偉大的兄弟畫家姓閻，兄名立德，弟名立本，他們都做過朝廷大官，而他們作為畫家卻比當官的名譽還要來得高。有一次，閻立本到荊州去，得到了一幅張僧繇的真跡。他仔細地觀摩了許久，但一點也看不出這畫的好處，因此他很失望的說：「這個張僧繇，一定是空有一些名聲而已。」

第二天，他又跑去對着這幅畫看得出神，這次他發現畫的一些好處了，於是說：「這只不過是近代的一個能手罷了。」

第三天，他又跑去對着這幅畫一看再看。這一次，他竟像獲得了珍寶似的，大大的讚賞說：「哦，原來張僧繇不是浪得虛名的。他有這麼大的聲譽，果然是有大才能！」

閻立本歎服了。他越看這幅畫，越覺得有滋味；越覺得有滋味，他就越要看了。就像橄欖越吃越有滋味一樣，張僧繇的畫，也是如此。直到第三日，閻立本才嚐到這幅畫的深長意味。於是他不願離開這幅畫了，吃也對着這幅畫，坐也對着這幅畫，睡也睡在這幅畫的下面，就這樣竟一連十日沒有離開。

由此可見，張僧繇作品撼動人心的力量有多麼的大啊！

雷電交加：指大風雨之中，雷聲和閃電同時或交錯出現。

浪得虛名：指人只是虛有名聲，卻沒有相應的實力。

撼動人心：指某樣事物對人的內心震動很大。

字詞測試站3

中文的四字成語中，常出現一對對相互呼應的詞，有的意思相近，有的意思相對，能表達出豐富的含義。比如：

風起雲湧　　風 --- 雲（意思相近）

出神入化　　出 --- 入（意思相反）

以假亂真　　假 --- 真（意思相反）

你能再舉三個例子嗎？

____

____

____

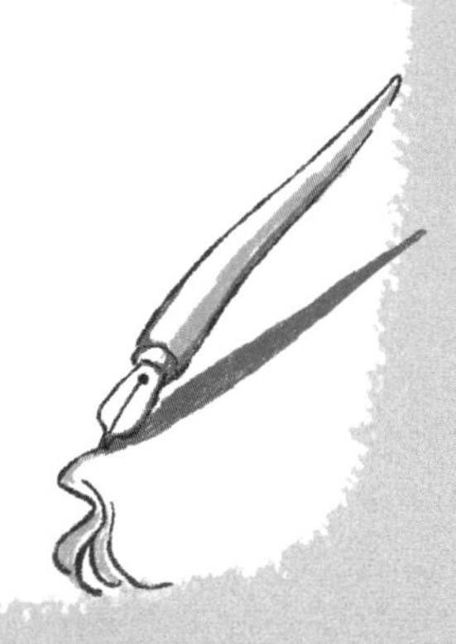

吳道玄

一日畫成三百里山水

「百代畫聖」，就是說在幾百代中只有這樣一位畫聖，可以說是前無古人，後無來者的了。究竟誰可以當得起「畫聖」這偉大的稱號呢？

三百餘里是多麼長的距離，但是三百餘里的山水，竟能在一天之內畫成功，這樣的神速，不是很難得麼？誰能做到呢？

唐朝一代，出了四五百個畫家，在這四五百個畫家中，最為人所推崇，並有「畫聖」這尊號的，只有吳道玄一人。

吳道玄，字道子，所以人們也稱他「吳道子」。他小時候生活很孤苦。起初他想成為書法家，所以拜當代的草書專家張旭、草隸專家賀知章兩人為師。但他沒有學成功，就轉學繪畫。畫是學張僧繇的，然而他並不是專跟一個人學，他同時還學過別的畫家的畫。而且他的學習，也不是盲目的。他能捨其短處，學其長處。因為他很有天賦，所以還沒到二十歲，就已經畫得一手好畫了。後來唐明皇聽見了他的名聲，就立刻召他到皇宮裏去，請他教宮裏的人讀書學畫，從此他的聲譽傳遍了全國。

有一次，皇帝出遊到洛陽，那時候吳道子與裴旻將軍、張旭長史兩人相遇了，他們一見如故。裴旻將軍很愛吳道子的才能，因此送他許多金子綢緞，請他住在東都的天宮寺，彼此來往得很親密，並且要請他作畫。不料吳道子把將軍所贈的金子與綢緞全還回去，並對將軍說：「很久以前我就知道裴將軍最擅長舞劍，現在請舞一曲，將軍那種雄壯氣魄，也可助長我作畫的興致。」

裴旻就給吳道子舞劍。舞完之後，吳道子果然畫興大發，就在天宮寺的西廊牆壁上，將畫筆飛舞起來。他下筆如有神助，很快便畫好了一幅畫。當時，草書專家張旭見了，也有些技癢，於是在另外一面牆壁上，飛動他的筆墨，寫上一壁草書。當時，全城的人都把這事當作有趣的新聞互相傳說。在一天之中，能見當朝的名人做三件絕妙的事，實在難得！

又有一次，唐明皇忽然想起要看四川的山、嘉陵江的水。但他自己不能去，因此請吳道子去看，把所見的景色一一畫出來，帶回給他看。於是，吳道子就奉命遊覽四川的山水去了。等到他回來，卻兩手空空，甚麼東西也沒帶回來。唐明皇問他四川山水的景色怎樣，他回答說：「臣沒有畫底稿，都記在心裏頭。」

後來，皇帝命令他立即在大同殿內畫出來。於是他就運起神妙的手腕，在一天之內，把嘉陵江三百餘里的山山水水，都一一的畫了出來。他作畫的神速，實在令人驚詫。

當時，還有一位大畫家，姓李名思訓，是以山水畫出名的。他當過左武衛大將軍，所以人們常稱他大李將軍；他還有一個兒子，名昭道，人們多稱他小李將軍。他們父子倆所畫的山水，都喜歡染上青綠等色，所謂「青山綠水」，就是大李將軍所發明的，後來便成了北宗畫派的始祖。那時，唐明皇也請他在大同殿作壁畫。他與吳道子相反，畫得很慢，竟畫了幾個月才完成。唐明皇曾經說過：「李思訓數月的工夫，吳道子一天的手跡，都是同樣妙極的。」

前無古人，後無來者：

指空前絕後，非常罕見，從沒有人做到過，也不會有人能超越。

推崇：指非常重視某人的思想、才能、行為、著作或發明等，給予很高的評價。

捨其短處，學其長處：

拋棄被學對象的缺點，只學習他（它）的優點。

一見如故：初次見面就像老朋友一樣合得來。

技癢：指有某種技藝的人遇到機會就很想表現自己。

吳帶當風

唐代的吳道子，不但山水畫得好，凡人物、佛像、神鬼、禽獸、臺殿、草木，都是畫得當世無雙的。他所畫寺院的壁畫，不知有幾百幅了，並且都畫得十分出神入化：他畫的小鬼，能使人見了害怕得汗毛都豎起來；他畫的仙女，能眉目生動，飄飄然的就像要從畫面上走下來似的。他畫大同殿的山水，據大李將軍說，在夜裏竟能聽見水聲；他在內殿畫過五條龍，每到大雨時候，鱗甲就像要飛動，煙霧就像要從畫壁上飛騰出來似的。他的畫，是這樣的神妙，難怪人家要推他為唐朝排名第一的大畫家了。

但這還不算稀奇，他的畫還具有更偉大的力量呢。他曾經替景雲寺畫過一面有名的《地獄變相圖》，據說這面壁畫，是從他的老師張孝師的畫中變化出來的。畫中的情景，十分悲慘可怕。因此當時京城裏專門以撒網捉魚為業的漁夫，專門以殺牛殺豬為業的屠户，見了都非常害怕。因為他們都是殺死生命換飯吃的。據佛教的人說，生前殺生太多，死後就要入地獄裏去受苦。因此他們見了這面描寫地獄情景的壁畫，就像自己真的已經到了陰間的地獄裏一般，個個嚇得彷彿失去了靈魂。據說後來他們當中很多人都感動和懺悔了，他們知道過去殺死的生命太多，深怕將來死了要入地獄，於是從此放下屠刀，棄了魚網，改做其他職業了。

　　他的畫，竟能使許多人因此改變行

業，竟能使人心由罪惡改變為善良，竟能把將入地獄的人救回到天堂，那力量是多麼偉大啊！這就是吳道子畫作的真正價值和意義。

吳道子之所以能夠不朽，被人尊崇為「百代畫聖」，第一便是因為他畫出這樣有價值、這樣有意義的《地獄變相圖》來，第二是因為他作畫技術的高妙。

原來他的畫法很有特點：他用筆很飄逸，描起線來很巧妙，染色也有一種特色，所以我們常稱他的這種畫風為「吳裝」。他畫起人物來，常是把衣服裙帶畫得像在風裏飄動的樣子，所以人們又讚美這種畫法為「吳帶當風」。後代的畫家，學他這種「吳裝」的，畫他這種「吳帶當風」的很多，因此他在無形中，就成了一派的元祖了。

他還曾畫過鍾馗像：鍾馗穿一件藍布衫，戴一頂破帽子，腰裏束着一條腰帶，一隻腳穿朝靴，一隻腳赤裸着，鬚髮蓬鬆，瞎着一目，左手捉小鬼，右手挖出鬼的眼珠，樣子很可怕。後代許多畫家畫鍾馗，也總是依照吳道子這格式去畫。

不知小朋友看過鍾馗的像沒有？從前，在農曆的端午節，很多人家總喜歡在家裏的大廳上，掛起鍾馗像。鍾馗樣子醜陋，可為甚麼家家都愛到這時候掛起他的像呢？原來這裏是有一個故事的。

有一次，唐明皇患了瘧疾。他在睡夢中看見一個小鬼，散着長髮，光着一腳，另一腳拖着破鞋子，在殿上嬉戲。

唐明皇正要罵這個小鬼，忽然又跑來一個大鬼，把小鬼捉進他像血盆一般大的嘴裏，括啦括啦的嚼着。他對唐明皇説他是終南山的進士，名叫鍾馗，但皇帝因為他相貌醜陋所以沒有讓他當官。他很慚愧，覺得沒臉回故鄉，因此就一頭撞在大殿的石階上死去了。後來皇帝憐憫他，就賞賜他一件綠袍子，把他埋葬了。現在他的職務是專捉小鬼、妖怪和邪神。他説明了他的來歷之後，唐明皇的夢也就醒了，連病也就好起來了。於是他立即命令吳道子畫這夢中的鍾馗的像。吳道子所畫出的鍾馗的樣子，與唐明皇描述的一模一樣。

看了這故事，我們就能知道，第一個畫鍾馗的是吳道子。因為鍾馗是專捉小鬼、妖怪和邪神的，所以大家都愛把他的像掛起來，相信這樣就能嚇退那些小鬼妖怪，家裏就再也不會有鬧鬼怪生疾病一類不幸的事，從此可以太平了。

飄飄然：形容人的氣度、神態超塵脫俗。

懺悔：因認識到自己的錯誤或罪過而感到痛心，決心改正。

飄逸：形容吳道子畫的線條彷彿飄浮在空中，飛揚起來，很瀟灑。

跋異

敗於張將軍，勝過李羅漢

唐朝後的五代時期，有一位並不出名，曾失敗於「張將軍」，後來又勝過「李羅漢」的畫家。他不怕失敗，努力作畫的精神，非常值得我們學習。

這位畫家，姓跋名異。他生得眉目清秀，舉止風雅，十足的像一個名士，而且性情敦厚，做事很認真。他的畫，最長於畫佛像、鬼神，所以他常被寺院裏的和尚請去畫壁畫，在當時頗有聲譽。

當時，洛陽有一座廣愛寺。寺裏一個名叫義暄的和尚，預備了許多金錢，邀請四面八方的畫家，到寺裏來畫三扇門和兩面牆壁。當時很有名望的跋異，當然也應他們的招募而來了。

寺裏的和尚得知名畫家跋異也願來應徵，當然是十分歡迎了。於是雙方訂好合約，跋異就開始畫他的草稿圖。當他正在工作的時候，忽然有一個人站在他的後面，向他深深的作了一個揖，說道：「我知道您是繪畫的能手，特地來幫您一齊畫畫。」

跋異正處於名聲最大的時候，所以他的態度和說出的話，未免有些自大。他譏笑這人說：「顧愷之、陸探微都是我的朋友，哪裏還用的着你來幫忙？」

於是這個人提出要畫右壁。他也沒空去與和尚訂立契約，也不管跋異在旁怎樣輕視，竟直接提起筆來就在牆壁上開始畫畫。很快，他就畫成一個折腰的報事師者，再一會兒，又在旁邊畫成三個小鬼。他畫得非常神速，筆就像正在壁面飛一般。

跋異在旁看着，起初還在輕視他，以為這不過是一個無名小卒，竟敢到大名家面前來賣弄筆墨，未免太不自量了。後來他漸漸地不敢這樣想了，到最後他竟然睜大了眼睛，手足無措的對着那面壁畫，不敢相信地問道：「您莫非就是『張將軍』？」

「是的。」那個人手拿着筆嚴肅地回答。

跋異聽了，馬上恭敬地向他敬禮，說：「這兩面牆壁，都不是我跋異所能

失敗之後不放棄理想，繼續努力，總有一天會再次取得成功。

畫的了。」說完，他毅然轉身走了。

那個人見他走了，也就不再客氣，又在東面牆壁上畫了一幅水神像，直看着西壁的報事師者，一眼望去就像是活的一樣。

原來這個人姓張名圖，是洛陽人，因為他曾跟着皇帝管過軍隊中的物資錢糧和文書等事情，所以當時人都叫他張將軍。他很喜歡畫畫，最擅長畫潑墨山水。他學畫的方法很特別，不跟從名師學習，也不摹仿古今的名畫。所以他的畫，是能自成一家的，在當時頗有名望。他能勝過跋異，便是因為他的畫自有特色的緣故。

跋異自從遇到敵手張將軍，自認比不上他之後，就知道自己的能力太薄弱，於是格外努力作畫。因此過了一段時間，跋異的畫就有了很大的進步。

後來，又有一間福先寺，來請跋異畫大殿上的護法善神。跋異正在寫合約書的時候，忽然又有一人跑進來，自己介紹說：「我姓李，我畫羅漢最出名，所以鄉里之間都叫我『李羅漢』。我希望來與你對畫，比較出一個高下來。」

跋異聽見了他所說的話，覺得這個人可能又像張將軍那樣的厲害。於是用很謙虛的態度，讓出西面牆壁給他畫。而跋異自己也聚精會神地作畫，不久就畫成一幅神像，神態莊嚴，顏色鮮麗，精美的程度是他生平未畫過的。

李羅漢把跋異的畫全部看了一遍，覺得他實在畫得美妙傳神，畫工高超，不是自己所能比得上的。他不禁也像跋異從前敗於張將軍那樣手足無措，自愧不如了。

跋異從前失敗於張將軍，現在取勝於李羅漢，這完全是他努力的結果。當他失敗於張將軍之後，假如不奮鬥用功，第二次不是還要失敗於李羅漢嗎？由此，我們可以知道：一兩次失敗，並不需要擔憂，只要能奮鬥，能不斷地努力，最後的勝利，終是屬於我們自己的。

賣弄：炫耀、誇耀或驕傲地顯示。

毅然：指堅決地；毫不猶豫地。

自愧不如：自己認為不如別人，感到十分慚愧。

范川莊

在畫家門下當僕人

中國的明朝，皇帝比較重視藝術，專門成立了畫院，供養畫家。這時，有一個福建人叫范川莊，他非常喜愛畫畫。但他家裏很窮，常常沒有飯吃。對於范川莊來説，飯可以一天不吃，畫卻不能一天不畫，他的肚子越餓，畫也越畫得起勁，差不多以畫當飯了。既能這樣努力作畫，他當然越畫越好了。

明朝剛剛立國的時候，有人很讚賞范川莊，想把他推薦到畫院裏去做官。他自己想道：「畫院裏的畫家，一定都

為了提升自己的能力，甘願委屈自己，虛心地向別人學習，真是難能可貴。

是全國選出來最有才能的人，難道是那麼容易去做的嗎？」

於是他就跑到京城裏去，拜訪一個姓程的人——這是一位畫院裏的畫家。他到了程畫家的家門口，要求拜見。程畫家問他是來做甚麼的，他說：「我姓范，名字叫川莊，因為窮得不能生活，情願來做府上的僕人，您稍為給我一些工錢，我願意磨墨洗筆硯，在先生左右聽差。」

這程畫家不知道他願來做僕人的秘密，只覺得這人很可憐，又來得很有意思，因此就答應了。

從此畫家范川莊就在程畫家府裏充當僕人，有空的時候便看程畫家作畫。他覺得這程畫家的畫，並沒有自己的好。

一天，在天快亮的時候，他跑到池塘邊去取水，忽然急急忙忙的跑回來，驚嚇得口也不能説話，樣子就像瘋了一般。程畫家很奇怪，就急忙問他發生甚麼事，他訥訥地説道：「剛才我在河灘邊看見一羣鬼怪，用言語不能形容，請給我一張紙，我把樣子畫出來給你看。」

於是他便取了筆、墨、紙等等，把所見的鬼怪奔走跑跳的樣子，一一畫了出來，畫得十分精緻神妙。

程畫家見了，不覺大驚，原來自己門下僕人的畫，竟比自己的還好，這不真要慚愧死了嗎？他立即向范川莊下拜道：「你是我的老師，我願做你的弟子，請接受我的一拜吧。」

范川莊不願接受，就離開程家回家

了。那時候，正是十二月底了，人家都很熱鬧地忙着預備過新年，而他家裏連米都沒有，因此隔壁人家都嘲笑他。他正在沒辦法的時候，忽然想到一個妙計，於是他對鄰居說：「我有一隻鵝，請你想辦法為我賣掉吧。」

鄰居見他如此艱難，當然願意幫忙，所以答應了。

於是他取了紙筆，立刻畫了一隻張着翅膀，伸着長頸，像預備打架樣子的鵝。鄰居說：「已經是除夕了，誰來買你這畫？」

范川莊說：「你等有錢人家帶着鵝回家時，就把這畫張貼在壁上，那人必定來買。」

鄰居就照他的話去做了。當他看見

一個童子趕着一羣鵝慢慢走來時，忙把畫掛在壁上。等到真的鵝走到面前，見了壁上畫的鵝，竟張開兩隻蒲扇般的翅膀，伸着不能再伸的頸項，一邊叫着一邊衝上來，好像要打架似的。等到頭撞着了畫，鵝才塌下翅膀，垂低了頭，搖搖擺擺的走了。後來童子把這事告知主人，主人果然用高價買了這幅畫。於是這位窮畫家范川莊，有錢買柴買米過新年了。

一個畫家若畫得很好，很容易就看不起別人，而范川莊卻能這樣虛心，真是難得。他又因為不滿意自己的畫，想拜訪當代的名畫家，增長些見識。為了達此目的而甘願去當僕人，這種精神更值得我們敬佩。他見名畫家的本領不及自己，也並不因此而驕傲；後來名畫家要拜他為師，他堅決推辭，不想借此出風頭，情願回家過苦的生活。這些都是范川莊的偉大處，不是普通人所能做到的。

供養：養活，為某些人提供生活所需的物品。

訥訥：形容說話遲鈍，或不善於表達。

出風頭：指故意引起別人注意，突出表現自己。

陳洪綬

不為富人作畫

在人們的印象中，藝術家往往最重視高潔的人格，而他們的才能又是很豐富的，個性又是很強烈的，所以常常把富豪貴人看得不值一文錢。我們在這裏所要講的，是一個畫家至死不願為富豪貴人作畫的故事。

這位畫家姓陳名洪綬，是浙江人。他生於明朝後期，後半世則生活在清朝。

陳洪綬畫得最好的是山水人物。他很有天才，又很努力，所以年紀很小，畫就很出名了。相傳他四歲時到未來妻子的家中去，看見一面新粉刷好的牆壁，覺得很適宜作畫。於是他就爬到桌子上去，在牆上畫過一幅關雲長的像。這畫像長有八九尺，他的未來岳父見了大吃一驚，對他讚不絕口。後來還關閉了這個房間，專門去供奉這畫像。

當陳洪綬年歲稍大之後，他特意住到杭州去，學宋朝大畫家李公麟的《七十二賢石刻》。他關上門對着這些石刻臨摹了十天，完全掌握了畫法。他把畫給別人看，別人覺得很像，他十分歡喜。接着他又關好了門，用另一種方法臨摹，這樣又是十天。當他再把畫取出來請教他人，這次別人覺得不像了，於是他更歡喜。原來他自己臨摹了石刻數十遍，竟已變了數十次畫法，其他人根本不能看懂呢！

　　陳洪綬還曾臨摹過周景光的《美人圖》，已經畫過三四次了，還不肯放手。人家指着他所臨摹的畫說：「你畫的已經比周景光的原本還要好得多了，為甚麼還要不停地畫呢？」

　　他說道：「這就是我不及他的地方呀！我的畫別人一見就說好，那說明我還能有更大的進步；景光的畫很美妙，而看上去卻像沒有甚麼美妙處，這就是最難學到的地方。」

　　陳洪綬學畫是這樣的認真，難怪他要成為大畫家了。

　　陳洪綬生平最喜歡替貧窮不得志的文人作畫，使他們可以用他的畫去賣錢。當時全靠賣他的畫生活的貧窮文人，約

藝術家往往最重視高潔的人格，常常把富豪貴人看得一文不值。

有數十百人。但假如是那些有權有勢的富豪貴人來討他的畫，即使他們送上一大筆金錢，他仍然我行我素，絕不會動筆。

有一次，一個有權有勢的大官，想辦法把陳洪綬引到自己的船上，等船開動了，就取出畫紙來，硬要他畫。陳洪綬脫去帽子和衣服，口裏不斷的罵着，不肯動筆。那有權有勢的人，還是不肯放鬆，一定要他畫，於是他竟然想跳到河裏去，幸虧旁邊的僕人早有防範，才沒有闖出大禍來。那大官見他如此，也沒法可想，只好放他走了。後來又轉托別人來求陳洪綬的畫，陳洪綬始終沒有答應他。

後來浙江東部一帶有戰亂，有一個

大將軍從被圍困的城市中找到陳洪綬，很是歡喜，立刻要請他作畫。陳洪綬照例不肯畫，於是將軍用大刀嚇他，他還是不畫；後來，將軍用他最喜歡的東西來引誘他，他就肯畫了。陳洪綬住在軍營裏，每天喝酒，作畫，因此畫了不少作品。有一天，他要求把自己所畫的畫全拿到一處，題上名字，並且同時痛飲起來。到了夜裏，他抱着一大束畫，睡着了。可是，等到早晨，士兵去看他，卻發現他早已帶着畫跑了。這大將軍也始終沒有得到過他任何一張畫。

陳洪綬就是這樣厭惡有權有勢的人。他寧願死，也不願自己的筆跡，落在這些富豪貴人的手中。這究竟是為甚麼呢？大概就是因為：要保持自己人格的高潔，不肯失去氣節，供那些惡人驅使。

供奉：指祭祀神佛、祖先。

我行我素：不管人家怎樣説，仍舊按照自己平素的一套去做。

氣節：指人的志氣和節操。

字詞測試站參考答案

測試站 1

1－C　2－D　3－F　4－E　5－B　6－A

測試站 2

寫人的外表：莊嚴

寫人的狀態：驚喜、無精打采

寫人的心情：依依不捨、憤憤不平

測試站 3

大材小用、無中生有、以少勝多、反敗為勝、

前因後果、黑白分明